AF359259

CRITIQUE

D'UN LIVRE

INTITULE

LA

TELEMACOMANIE.

A AMSTERDAM,

Chez PAUL MARRET.

MCCVI.

AVIS AU LECTEUR

CEt ouvrage fut fait en l'année 1701. par un Officier qui ne fongeoit qu'à s'égayer.

Celui qui le donne prefentement au public a eu moien d'en avoir pour lors une copie ; mais il n'a jamais ofé la faire imprimer, parce que ce n'étoit pas l'intenzion de l'Auteur avec lequel il avoit de grands ménagemens à garder.

Depuis ce tems-là l'Auteur s'étant retiré du lieu où il avoit compofé cet ouvrage, celui qui l'avoit en fon pouvoir n'en a pas voulu priver le public, & c'eſt la raifon pourquoi on le fait paroître fi tard.

CRITIQUE

D'UN LIVRE INTITULÉ

LA

TELEMACOMANIE.

IL n'eſt pas ſurprenant, Monſieur, que dans un lieu autant éloigné du commerce du monde, & où je ſuis d'ailleurs fort occupé, je ſois des derniers à voir ce qui ſe fait de nouveau.

Je n'ay vû que depuis deux mois une Critique qu'on a faite contre le Telemaque de Mr. de C. Elle a pour titre la Telemacomanie imprimée à *Eleuteropole* l'année derniere.

L'Auteur a beaucoup d'érudition; mais il ſe ſert de termes ſi durs, qu'on ne peut le lire avec plaiſir; ſur tout quand on croit que l'honnêteté & la civilité qu'on ſe doit les uns aux autres, ſont d'un bon aſſaiſonnement dans une Critique.

L'Auteur n'avoit que faire de chercher

A

un

une (a) *Ville libre* pour parler durement comme il a fait : dans les Villes les plus libres on aime la politeſſe ; & la politeſſe eſt incompatible avec cette maniere d'écrire.

Elle eſt beaucoup moins pardonnable à un Auteur qui fait (b) dans le commencement de ſon Livre une proteſtation publique du reſpect & de la vénération qu'il a pour la perſonne dont il critique l'Ouvrage. „(c) *Mr. de C. a paſſé*, dit cet Auteur, *toute* „*ſa vie dans l'Etude Eccleſiaſtique & dans la* „*pratique des plus ſéveres verités. (d) Il eſt re-* „*commandable par ſes charités, par ſes aumônes,* „*par ſon deſintereſſement, par ſa douceur Paſto-* „*rale, & par ſon exactitude à remplir tous ſes* „*devoirs. Au milieu des plus grandes richeſſes* „*& des plus grands honneurs il a toûjours vêcu* „*pauvrement, ſans faſte & dans la plus grande* „*modeſtie du monde : & enfin la ſoûmiſſion ſi édi-* „*fiante qu'il a euë pour les Décrets du S. Siege* „*ajoûte un nouveau luſtre à ſa dignité & à ſes* „*autres vertus.*

Comment croiroit-on qu'aprés un ſi bel éloge, cet Auteur auroit pû ſe ſervir des expreſſions dures qu'on voit répanduës dans mille endroits de ſa Critique. Ces termes (e) *de grande ſotiſe, grand ignorant, impertinent, qui* *n'a pas une once de ſens commun, Iroquois, Got,* *Romaneſque, abſurdité, fatuité, pauvreté d'eſ-*
prit

prit

(a Eleuteropole. (b) p. 3. avis au Lecteur. (c) p. 1. (d) p. 14.
   (c) 100. 103. 112. 189. 220. 234. 326. 452.

prit, & tant d'autres s'accordent-ils avec cet éloge, & font-ils beaucoup d'honneur à l'Auteur de la Critique ?

Il écrit avec tant d'agrémens, pourquoi n'écrit-il pas d'une maniére honnête ? on voit bien qu'il fauroit le faire s'il vouloit. M. de C. qu'il honore tant, lui a donné un si bel exemple.

Tant que le Prélat a crû son sentiment sur le pur amour conforme à celui de l'Eglise & à la Tradition, il a critiqué, il s'eft défendu : mais dans sa Critique & dans ses défenses, il ne lui a rien échapé de contraire à la douceur d'un Ministre de l'Evangile ni à la civilité & à la politesse d'un galant homme.

On l'attaque presentement sur son Telemaque. Je suppose qu'il en eft l'Auteur; mais à juger par ce qu'il a fait alors, de ce qu'il feroit à present, s'il trouvoit cette Critique concluante : il paroît qu'il répondroit à cet Auteur; vous avez raison, j'ai manqué contre la Chronologie, contre l'Histoire, contre la belle érudition, mais la belle érudition que vous faites paroître, vous feroit plus d'honneur, si vous m'aviez critiqué plus civilement.

Cet Auteur laisse entrevoir qu'il auroit corrigé ses expressions, si le Roy ne l'avoit relegué si vîte (a) dans les Montagnes d'Au-

A 2

vergne,

____

(a) p. 471.

vergne, qu'il n'a pas eu le tems de châtier fon Ouvrage : & ainfi il efpére de la *juftice de Mr. de C. qu'il lui pardonnera fes expreffions inconfiderées.*

J'augure mal du pardon qu'il efpére, s'il ne compte que fur la *juftice* qui lui eft duë; mais la bonté, la douceur du Prélat, & fes fentimens Chrétiens font de bons garants qu'on lui a pardonné *fes termes inconfiderez.* Cependant autant qu'il eft de la pieté du Prelat de pardonner, autant il auroit été du devoir d'un galant homme de ne pas mettre le Prelat dans l'occafion de faire de pareils Actes de vertu, pour ne pas tomber dans le cas de ceux dont parle (a) St. Auguftin, que Dieu ne permet de vivre que pour devenir bons ou pour exercer la vertu des gens de bien.

Mais je prens garde que cet Auteur fe contredit, & que le tems que le Roy ne lui a pas laiffé pour retoucher fon Ouvrage, auroit été plûtôt employé à fuprimer les noms des Dames de Murat, de Caftelnau & de la Force, qu'à corriger les termes durs dont il s'eft fervi contre le Prelat. Il ne dit pourtant rien de ces Dames, finon qu'elles ont compofé des Romans : lui qui dit tant de duretez contre Mr. de C. Auffi n'eft-ce pas par le motif d'une *charité defintereffée* qu'il vouloit retracter ce qu'il a dit de mal. Peut-être

____

(a) Aug. in Pfal. 54. v. 1.

(5)

être n'a-t-il mis la main à la plume que pour
fe faire un merite en parlant mal de Mr. de
C., mais il craint que ces Dames ne s'avifent
d'avoir leur revanche contre lui, & il juge
fur la pieté du Prelat, ou fur la fituation de
fes affaires à la Cour, qu'il ne s'en vengera
pas : & qu'ainfi on peut l'ofenfer fans re-
gret, puis qu'on peut l'ofenfer avec impu-
nité. J'aurois même prefque jugé qu'il vouloit faire fa cour aux dépens d'autrui, & il
me paroît pour cela entrevoir dans fon Ouvrage des vûës d'interêt.

Mais la lecture de l'Ouvrage entier m'a
fait appercevoir, que, quand même cet Auteur n'auroit point une pareille vûë, il n'a
qu'à fuivre fon genie pour trouver à redire à
tout : & que c'eft un efprit inquiet qui ne
cherche qu'à mordre.

Il me paroît fort vouloir étaler de l'érudition bien ou mal à propos pour établir fa
reputation en décriant les grands hommes ;
& en effet il fait fervir à ce deffein tout ce
qu'il trouve en fon chemin. * St. Clement
d'Alexandrie, S. Paulin, S. Jerôme, Platon
& Ariftote qui ne lui ont jamais rien fait, font
terriblement maltraitez dans ce livre : & ce
dernier, je veux dire Ariftote, aprés avoir
été employé quelque part comme l'empoi-
fonneur des efprits & des corps : par un *rea-
grave* fulminé dans un avertiffement fait a-

A 3

prés

* P. 132. 137. 195. 216. 307. 435.

prés l'ouvrage & qu'on a imprimé au commencement, eſt déclaré * *Soldat poltron, Deſerteur, Saltinbanque, Apoticaire,* & enfin aprés que l'Auteur a dit de lui autant de mal qu'il a pû ; fâché de n'en pouvoir pas dire davantage, † il ajoûte que, ſi l'Antiquité nous avoit conſervé de bons Auteurs qui nous manquent, il trouveroit des pieces juſtificatives des crimes d'Ariſtote deſquels le tems nous a ôté la connoiſſance.

Il ne faut pas s'étonner aprés cela, s'il eſt de ſi mauvaiſe humeur contre tout le monde.

Les Jeſuites ſont le premier objet de ſa bile, & il les met en jeu le plûtôt qu'il peut pour debiter un petit conte, afin d'égayer la Dame à laquelle il écrit.

Il n'étoit cependant queſtion dans cet ouvrage ni des Jeſuites ni de la Morale relâchée ſur laquelle il ſe récrie fort.

Je ne crois pas au reſte que cet Auteur ſoit d'une Morale fort ſevere, ſur tout de celle qui pourroit tirer à conſequence pour lui-même ; car il s'efforce beaucoup de faire valoir cette maxime du Sage dont il détourne le ſens : * *Que celui qui eſt méchant à l'endrôit de ſon corps ne ſauroit en aucun ſens être bon.* A la verité le Sage ne parle pas du corps; mais il dit ſeulement *Que celui qui eſt méchant contre ſoy-même, ne ſauroit être bon pour les autres.*

* p. 6.   † p. 7.   * Qui ſibi nequam eſt cui bonus erit? Eccl. 14. 5.

tres. Mais l'Auteur est peut-être d'une Religion qui ne distingue pas l'homme de son corps. Cependant il est Chrétien autant que je dois le croire. Je le prie donc d'expliquer cet endroit du Sage par un autre du même sage, * *Que celui qui traite trop bien son domestique le trouvera rebelle à ses ordres dans la suite:* par la maxime de la sagesse même, † *Que celui qui aime trop sa vie, la perdra:* & par l'experience que l'Apôtre dit avoir faite en luy-même, *Que la loy de la chair est opposée à celle de l'esprit: & qu'il a fallu qu'il ait châtié son corps pour le reduire sous la loy du Seigneur.*

Mais nôtre Auteur avoit ses vûës en faisant entrer le corps dans la maxime du Sage; il travaille à abolir l'usage des mortifications volontaires: & les matiéres libres paroissent assez de son goût: * témoin l'Histoire du frere Mathieu d'Avignon, celle du Cordelier de Bruges & du Marchand de Lubec, pour lesquelles il renvoye le Lecteur au Livre des *Fouëteurs* de Mr. Boyleau, pardonnez-moi ce terme, Monsieur, je vous prie, je copie mon Auteur qui rend le *flagellantium* par ce mot.

Ne pouvoit-il pas se passer de dire que, si † Telemaque n'avoit pas été homme, § les Nymphes n'auroient pas eu tant d'empressement pour lui?

A 4

Puis-

* Qui delicatè nutrit servum suum, postea sentiet eum contumacem. † Qui amat animam suam perdet eam.

    * P. 355.   † P. 370.   § 371.

Puisque cet Auteur se déclare si fort contre les Casuistes relâchez, il ne faut point lui souffrir des termes qui font divaguer l'imagination sur les objets obscenes, suivant le conseil de S. Paul, qui ne veut point que *dans les écrits & dans les discours d'un Chrétien il entre quoi que ce soit qui donne la moindre pensée deshonnête, ni que la reputation du prochain y soufre.*

A quoi sert ici l'Histoire des *Fouëteurs* de Mr. Boyleau de laquelle il fait si souvent l'éloge ? Apparemment l'Auteur avant que d'écrire, veut faire son parti * avec la famille de ceux qui critiquent les Ecrivains. Pourquoi mettre en jeu les Disciplines qu'on fait à la Trape ? Qu'en peut davantage Telemaque, ou Mr. de C. si les Moines, ou si d'autres gens de bien se *fouëtent* ?

A quoi sert l'Histoire des Demoiselles *fouëtées* par les mains d'autrui ? Si l'Auteur sent en lui que l'usage de la discipline l'excite à la *luxure & aux œuvres Veneriennes* ; (ce sont ses termes parlant à une Dame, sans quoy je n'oserois, Monsieur, m'en servir en vous écrivant) si, disje, il se sent excité par la discipline, comme il prétend que les plus froids le font, qu'il ne se fouëte point. Mais il me semble que, quand on se frape bien fort, il ne doit rien rester dans le *disciplinant* qui pense à la bagatelle, ou il faut qu'on ait
bien

* p. 357.

bien la bagatelle en tête, quand on y penſe en ſe *fouëtant*.

S. Paul n'y entendoit pas tant de fineſſe. ni beaucoup de grands Saints, & de bonnes ames qui ont châtié leurs corps pour les reduire ſous la Loy de Dieu. Ils n'ont point conduit leur main ſur le précepte des Auteurs impurs dont celuy-ci a tiré ce principe. Mais nôtre Critique lequel auſſi-bien que Mr. Boyleau ne trouve pas cette *manœuvre* de ſon goût, tâche de la bannir du Monde, pour n'avoir pas devant les yeux des exemples qui tirent à conſequence. Cependant c'étoit bien aſſez qu'un Docteur indiſcret fût venu troubler une troupe de bonnes gens dans leurs exercices de mortifications, ſans qu'un autre Auteur vienne leur faire entendre qu'en mortifiant leur chair ils prennent un moyen infaillible pour la faire revolter.

A quoi ſert encore cette belle litterature que l'Auteur étale pour prouver qu'on ne peut ordonner aucun Prêtre ſans un titre curial ?

Puiſque l'Auteur ne vouloit que faire dépoſer M. de C. il n'y avoit pas la tant de myſtere, il falloit dire ſeulement que S. Jean qui ſavoit les loix Canoniques qu'on devoit faire aprés lui, puiſqu'il étoit Prophéte, fit dépoſer un Prêtre pour avoir farci de fables la vie de St. Paul, & l'avoir publiée en cet

état

état : & là deſſus Mr. de C. auroit été dépo-
ſé ſans difficulté pour avoir farci de fables,
& d'*Anachroniſmes* la vie de Telemaque.

Mais l'Auteur ne trouve pas Mr. de C.
aſſez puni, il faut qu'avec lui tombent prefque tous les Prêtres de l'Egliſe ; puiſque tous
les Sacremens adminiſtrez par des Prêtres
ordonnez ſans un titre curial ont été nuls,
& que l'Egliſe eſt reduite pour l'adminiſtra-
tion des Sacremens & pour la celebration
des divins Myſteres aux Prêtres qui dans
leur ordination ſont affectés à une Cure, &
de cette eſpece je ne ſai s'il en trouvera
beaucoup. ,,*Ces Prêtres vagabonds & ſans titre,*
,,*ces ſimples diſeurs de Meſſe, eſpece de Prêtres,*
(ce ſont les termes de l'Auteur),,*inconnue dans*
,,*toute l'Antiquité, défendue par les Conciles, dont*
,,*l'ordination eſt declarée nulle en tant d'endroits,*
,,*ces gens deſtinez à ne dire que la Meſſe, com-*
,,*me ſont maintenant tous les Religieux, auſſi-*
,,*bien que les Peres de l'Oratoire, Jeſuites, Doc-*
,,*trinaires, Barnabites, Theatins, Prémontrez,*
,,*Miſſionnaires, & autres Prêtres Reguliers.* Bon
Dieu ! quelle armée d'ennemis je vois fon-
dre ſur cet Auteur, qui vient ôter ce ſacré
caractere à tant de gens !

Je ne ſuis ni Prêtre, ni Moine ; mais en
verité nous ſerions bien en peine, ſi tous les
Dimanches & Fêtes il n'y avoit que la Meſſe
de nôtre Curé, ſi toutes les autres étoient
nulles, auſſi-bien que les Sacremens admi-

niſtrez

niſtrez par d'autres Prêtres que lui.

Les ſiniſtres intentions de cet Auteur ne ſont pas bornées aux Prêtres de l'Egliſe militante. Combien de Saints a-t-on canoniſés qui ont été ordonnez Prêtres ſans cette précaution ? Combien de ſaints Evêques ont ordonné des Prêtres ſans un ſtitre curial ? Voilà bien des ordinations nulles. Voilà bien des ſacrileges, & partant bien des canoniſations *illuſoires*. Ne pourroit-on pas dire à nôtre Auteur en cette occaſion, s'il étoit civil de parler ainſi, comme il fait dire lui-même contre M. de C ? * „ *O le grand menteur! o le grand ignorant! Diſtinguez-les tems & ne confondez pas le tems de la naiſſance avec la fleur de l'adoleſcence, ni la pauvreté avec les richeſſes.*

Lorſque l'Egliſe ne faiſoit que commencer, un Prêtre ſufiſoit pour une Paroiſſe, quand l'Egliſe a augmenté & qu'on n'a pas dû multiplier les Cures, il a falu de neceſſité augmenter le nombre de ceux qui adminiſtroient les Sacremens à la participation deſquels les regles de l'Egliſe, ou la devotion engageoient les Fideles.

Si l'Auteur eſt un Curé de Village, car je ne ſai ce qu'il eſt, il ſuffit peut-être à ſes Paroiſſiens ; mais s'il a une Paroiſſe grande, comme celle de S. Sulpice, de S. Euſtache &c. comment ſufira-t-il ? Il lui faudra des Troupes auxiliaires, & bien lui dira pour

A 6   l'aider

l'aider à deſſervir ſa Cure, d'avoir beaucoup de ces *Prêtres ſans titre*, *de ces ſimples diſeurs de Meſſe*, dont il dit que l'ordination eſt declarée nulle par les anciens Conciles, & même par celui de Trente : ſans quoi les Paroiſſiens ſe plaindroient. On demanderoit l'érection de quelque annexe, & par conſequent il faudroit un démembrement des revenus de M. le Curé pour les portions congruës; heureux encore ſi avec ce démembrement il pouvoit ſe paſſer de ces *ſimples diſeurs de Meſſe*.

„ Les pauvres *Peres de l'Oratoire*, ces mi-
„ ſerables *Jeſuites*, tous les Moines, *Doctri-*
„ *naires, Barnabites, Theatins, Prémontrez,*
„ *Miſſionnaires,* la plûpart gens dont il y avoit bon nombre dans l'Egliſe au tems du Concile de Trente, que cet Auteur cite contre eux : tout ce nombre de gens eſt venu au ſecours des Curés auſquels ils ne coutent rien; cependant on les inquiete, & on déclare nulle leur ordination.

Voilà la conſequence de ce beau point de critique ſi ſolidement établi & ſi utilement praticable. Je laiſſe aux gens du mêtier à expliquer tous les Canons que cite nôtre Auteur, auſſi-bien que le Moine Gratien leur Compilateur. On n'aura pas grand' peine à y repondre : on l'a fait mille & mille fois; mais comme ces difficultez ne ſe font que dans l'Ecole; la Dame à laquelle

cet

(13)

cet Auteur écrit aimera mieux lui permet-
tre de se donner carriere que de prendre la
peine de le desabuser, en luy faisant voir son
erreur dans les Canonistes. L'Auteur conti-
nuera de vouloir briller auprés d'elle ; &
d'y étaler de l'érudition en proposant des difficultez qu'il voudroit faire croire qu'il est
le premier qui les a formées : semblable en
ceci à tous ces Auteurs inconsiderez qui pu-
blient en nôtre langue des ouvrages hardis
en matiere de Religion par lesquels on im-
pose aux jeunes gens & au vulgaire. Un i-
gnorant, un jeune homme, un débauché
conclud bien-tôt à l'honneur de l'Auteur &
à la condamnation de la pratique de l'Eglise.

En voila assez sur cette matiere, sur laquelle même je ne me suis que trop étendu,
pour un homme de ma *robe*. Il me sufit d'a-
voir montré les inconveniens de ce point de
Discipline auquel l'Auteur ne devoit point
toucher, puisqu'il n'en étoit pas question.

A quoi sert encore * la barbe de l'Evê-
que de Clermont ?

Pourquoi mettre en jeu le Saltinbanque
Hermogene qui savoit si bien jouër des go-
belets qu'il mettoit à nud les Prêtres d'E-
gypte, sans qu'ils s'en apperçûssent, &
quoi qu'ils ne fussent pas yvres ?

C'est ce qui s'apelle parler pour parler.
On voit que cet Auteur sait beaucoup de belles choses ; mais il craint si fort qu'on igno-

re qu'il les fait, qu'il les met hors d'œuvre pour les debiter.

Il feroit bon de lui faire relire la Poëti-que d'Horace, afin qu'il prît pour regle de *ne rien inferer dans fes ouvrages que ce qui fait à fon fujet* ; ainfi il faut conclurre qu'il juge mal de la juftefle d'efprit de la Dame à laquelle il écrit, puifqu'il efpére de s'en faire eftimer par un fatras d'érudition hors de place.

Mais bien lui dira que chez elle il n'y ait point quelque Henriette de la Comedie des femmes fçavantes, qui ait l'efprit malin, & qui ne fe laifle point étourdir par le Grec dont cet Auteur fait un grand étalage.

Il feroit bien furpris, fi au lieu de beaucoup d'érudition, la Dame lui demandoit plus de certitude. Car enfin eft-il bien affûré que les Prêtres d'Egypte fuffent Eunuques ? * L'Auteur de fa pleine puiffance les a tous mutilez pour ne conferver point de la race : & en effet il faudroit qu'ils l'euffent été, afin qu'il eût peu faire avec fondement † au fujet de Telemaque le mauvais conte dont on a parlé.

Je ne fai ce qui en fera, tout ce que je fai bien, c'eft que ces Prêtres appelleront de ces arrêts , & diront que l'Auteur a pris pour une veritable mutilation, la circoncifion dont parle § Herodote. Ils montreront dans

ce

* p. 370.   † p. 371.   § Herod. L. 1.

ce premier des Historiens profanes en *la page qui suit celle où nôtre Auteur a pris des
armes contre eux, que *les Egyptiens assignoient
plusieurs Prêtres au culte de chacun de leurs
Dieux; que le premier de ces Prêtres étoit ap-
pellé Pontife, que, quand celui-ci mouroit, on
mettoit son fils en sa place.*

Ils produiront plusieurs Rois d'Egypte
qui ont été Prêtres tels que Sethon, qui succe-
da à Sabacon, celui qui preceda les dou-
ze Nomarques, qui étoit Prêtre de Vulcain.
Ils tireront Telemaque du danger où le met
nôtre Auteur en disant qu'ils n'étoient pas
gens à traitter plus mal leurs disciples qu'ils
ne l'avoient été eux-mêmes; que, puisqu'on
n'avoit fait que les circoncire, avant que
de les instruire des mysteres de leur Religion, † comme S. Clement d'Alexandrie
rapporte qu'on en usa à l'égard de Pythago-
re, il n'y a pas apparence qu'il en ait couté
davantage à Telemaque. Ils produiront le
contract de mariage de ce grand Philosophe
avec Theano dans un Manuscrit de la Bi-
bliotheque de Mr. Colbert; ainsi Telemaque sera remis dans tous ses droits, & il en sera quitte à meilleur marché.

Ils diront encore, selon Herodote, Diodore

---

* p. 302. l. 2. Alii virilia relinquunt : Ægyptii autem virilia
circumcidunt.

† Propter quos (sacerdotes) fuit circumcisus Pythagoras ut ady-
ta ingrediens Ægyptiorum mysticam disceret Philosophiam.
Clem. Alex. Dicti. de Bayle.

dore de Sicile, S. Clement d'Alexandrie qu'il y avoit trois Etats diftinguez en Egypte, celui des foldats, celui des artifans & celuy des Prêtres, * quoi que nôtre Auteur de fa pleine puiffance envoye tous les Egyptiens à la guerre.

Ils lui diront encore que † c'étoit dans leur famille que fe confervoit le fçavoir & la Religion avec tant de fecret & de jaloufie, que perfonne autre n'en avoit connoiffance. Si cela eft vrai, comme il eft inconteftable, comment eft-ce que le fçavoir & la Religion ont continué en Egypte dans les mêmes familles fur le fyftéme de l'Auteur?

Peut-être auffi trouvera-t-on dans un livre dont l'autorité doit impofer à nôtre critique que * le Patriarche Jofeph époufa la fille d'un Prêtre d'Egypte : ainfi on peut conclurre qu'on ne doit pas tout-à-fait compter fur la parole de nôtre Auteur.

Je ne fai s'il eft plus croyable ailleurs, mais il eft feur que, quand il parle contre le Prélat, il ne s'attache pas toûjours fcrupuleufement au vrai : fon but eft de donner dans l'éclatant.

Vous diriez à l'entendre parler que Mr. de C. a commis un crime contre la foumiffion qu'on doit à l'Ecriture Sainte, parce

qu'il

---

* p. 335.   † p. 336.
* Dedit illi uxorem Affeneth filiam Phutipharis facerdotis Heliopoleos.   Gen. 41. 45.

qu'il n'a pas confondu * le *Sesostris* des
,, Grecs avec le *Sesac* du livre des Rois. *Bien*
,, *loin*, dit-il, *que Mr. de C. ait fait aucune*
,, *attention à l'Ecriture Sainte, nous allons mon-*
,, *trer que contre son exprés témoignage, il fait*
,, *vivre Sesostris avant le tems que l'Ecriture*
,, *Sainte dit qu'il vivoit.* † *Ce Prélat dit que*
,, *Sesostris vivoit dans le tems du siege de Troye :*
,, *mais l'Ecriture Sainte dit au contraire positi-*
,, *vement que Sesostris regnoit en Egypte dans le*
,, *tems que Roboam regnoit en Judée, & qu'il*
,, *y vint 41. ans aprés l'edification du Temple.*

Si la Dame étoit d'humeur à croire l'Auteur sur sa simple déposition, ce *positivement,*
cet exprés témoignage de l'Ecriture Sainte pro-
noncé d'un ton décisif lui feroit donner un
arrêt contre Mr. de C. comme *dûement at-*
teint & convaincu aprés des paroles si préci-
ses. Car cet Auteur observe fort dans toute
sa Critique le *ton décisif* dont il dit * aprés
Ciceron *que les menteurs doivent se servir :* &
c'est à propos d'une faute qu'il attribue à S.
Clement d'Alexandrie qu'il cite cette maxime de l'Orateur Romain. Mais la Dame ne
donnera pas son arrêt sans connoissance de
cause : Elle cherchera premierement le nom
de *Sesostris* † dans l'Ecriture Sainte, & on
espére que, comme certainement elle ne le
trouvera pas, elle fera la reprimande à l'Auteur.

* 1 Regu. 14. 26.　　† p. 81. 82.
* Ubi semel fueris impudens, oportet graviter esse impu-
dentem Cic. ad Attic.　　　　† p. 170.

teur. Celui-cy ne manquera pas de lui dire que tout le monde convient que * le *Sefac* du livre des Rois est le fameux *Sefostris*; mais la Dame trouvera dans Joseph, dans les plus anciens Chronologistes & dans les plus sçavans parmi les modernes, qu'on ne doit pas confondre l'un avec l'autre.

Ce n'est donc plus icy un *exprés témoignage de l'Ecriture* contre lequel M. de C. ait écrit; c'est un endroit qui demande explication, & qui a ses difficultez. Mais qui les applanira ces difficultez? † „ *M. de C.* ajoûte „ cet Auteur, *n'a qu'à lire le Chronicus Canon* „ *du Chevalier Marsham, & il verra toutes ses* „ *difficultez applanies.*

Mais ce même Chevalier Marsham auquel il renvoye M. de C. & qui est sçavant en la page 83 de la Critique est le même Chevalier Marsham qu'on apelle * ailleurs un ignorant. Ces differentes qualifications n'empêcheront pourtant pas que nous ne regardions cet illustre Anglois comme un des plus sçavans hommes du dernier siécle.

Mais venons au crime de Mr. de C.

Ce Prélat n'a pas prétendu faire un ouvrage dans lequel les supputations Chronologiques fussent rigidement observées. Nous verrons plus bas ce qu'il a voulu faire: ainsi si dans le livre de M. de C. il y a quelques fautes de cette nature, elles ne font

aucun

* p. 83. 84.   † p. 83.   * p. 450.

aucun tort à l'Auteur.

Mais nôtre Critique qui examine si scrupuleusement les *Anachronismes* de M. de C. n'en fait-il aucun dans le même point historique dans lequel il censure le Prélat? & s'il en fait, qui sera plus blamable, ou le Prelat qui n'a jamais pretendu que son ouvrage tire de là son utilité & son merite, ou le Critique qui veut se faire valoir par l'exactitude Chronologique?

Pour le faire d'une maniere qui convainque l'Auteur, supposons toutes les certitudes dont il convient.

,, *Il est certain*, dit-il, * *que la sortie des en-* ,, *fans d'Israël arriva l'an 3227. de la Periode* ,, *Julienne,* † *& le siége de Troye l'an 3505.*

Les gens qui s'entendent en Chronologie se revolteront contre ce ton décisif, & diront sans doute qu'un *petit environ* auroit été modeste, & même necessaire en cet endroit, * puisque nôtre Auteur cite luy-même de trés sçavans hommes dont les uns disent que le siege de Troye arriva 60 ans, & d'autres 700 ans avant la construction du Temple par Salomon à l'autorité desquels pourtant nôtre Auteur ne defere point; car il met 217 ans entre l'Epoque du siége de Troye & celle-cy.

Je vous laisse à penser, Monsieur, si les uns & les autres ne trouveront pas mal ce

petit

* p. 22.   † p. 93.   * p. 77.

petit air d'arrêt ſouverain que nôtre Auteur
donne à ſon ſentiment, quand il fixe inva-
riablement le ſiége de Troye à l'an 3505.
car enfin ſi le *Seſac* de l'Ecriture Ste qui
ſelon lui vivoit du tems de Roboam, c'eſt-
à-dire ſelon ſon calcul * l'an 967. avant J.
C., 217 ans aprés le ſiege de Troye, ſi,
dis-je, † Seſac eſt le *Seſoſtris* des Grecs, ainſi que * nôtre Auteur prétend qu'il eſt prefque de foi de le croire, s'il arrive qu'on prou-
ve par de bons Auteurs que le *Seſoſtris* des
Grecs vivoit 300 ans avant ce ſiege, il arrivera que *Seſoſtris* aura vécû 517 ans avant
Seſoſtris, puriqu'il vivoit 300. ans avant le
ſiége de Troye qui arriva 217. avant Roboam contemporain de *Seſoſtris* qu'on ſuppoſe être le *Seſac* du livre des Roys.

Sera-ce quelque choſe de plus ridicule de
faire vivre le fils quelques ſiecles avant le pere, comme cet Auteur pretend qu'a fait Mr.
de C. à l'egard de Telemaque & d'Ulyſſe,
que de faire vivre Seſoſtris pluſieurs ſiecles
avant qu'il ſoit né.

Tant y a voicy deux Soſies entre leſquels
il y a 5 à 600. ans de diſtance, & qui ne ſau-
roient être le même homme qu'au moyen
d'une regle de metempſycoſe qu'il s'agit
d'établir tout premierement; ou bien il faut
qu'il paſſe ſa ſoûmiſſion † pour un *Anachro-
niſme*

---

nifme auffi gaillard que celui qu'il reproche au Prelat.

Mais les fçavans Chronologiftes ne le laif-feront pas en fi beau chemin : ils le pouffe-ront encore bien plus loin.

Il a voulu faire *l'agreable* : il a traité une matiere qui n'eft pas de fa *competence*. Ils lui en veulent, & pour peu qu'ils ayent de pri-fe fur lui, ils le traiteront mal.

Comme fi un galant homme qui a de la politeffe, & qui ne veut que briller auprés d'une Dame contractoit en écrivant l'obli-gation d'être exact dans toutes les minuties d'un fçavant, & d'avoir la circonfpection d'un homme prudent & fage.

Ils lui foûtiendront donc que * Sefoftris vivoit avant la guerre de Troye, qu'il é-toit frere de Danaus; qu'il revint de fes conquêtes l'an 70 de l'Ere Attique, 300 ans avant la guerre de Troye, plus de 500 ans avant le *Sefac* de l'Ecriture Sainte, & la Dame à qui l'Auteur fe rapporte pour la dé-cifion de la difficulté, & laquelle il pretend inftruire fur ce que c'eft que † *Metachronifme*, *& Prochronifme*, decidera dans lequel de ces deux cas il eft tombé.

Sur ce plan elle jugera *fi*, comme dit cet Auteur, „ *Sefac & Sefoftris font* ‡ *plus reffem-*
„ *blans*

---

* Foffa primum incifa eft a *Sefoftri* ante res Trojanas. Strab. l. 17. Herod. l. 2. Arift. l. 7. polit. Dicæar. apred. fchol. Apoll. l. 4. v. 277. Diod. l. 1. Jofeph. l. 6. Idem l. 2. contra app. Euf. in Chron.   † p. 93.   ‡ 83.

„ *blans que deux goutes d'eau , si le jour n'est pas*
„ *si clair , qu'il est clair que Sesostris des Grecs*
„ *soit le Sesac du texte Hebreu , le Sousaschin*
„ *des septante &c.*

Et ainsi la Dame conclurra que , quoi
qu'il soit dit *positivement* dans l'Ecriture Ste.
que *Sesac* regnoit en Egypte dans le tems
que Roboam regnoit en Judée, il n'est pourtant pas dit *positivement* que *Sesac* soit *Sesostris*, ni que M. de C. ait péché contre la de-
ference qu'on doit à l'Ecriture Sainte, s'il
n'a pas crû que *Sesostris* vécût en ce tems-
là.

Voilà par conſequent un des *certainement*
de nôtre Auteur bien incertain ; & ſi les
ſçavans hommes que je viens de citer à la
marge, & ceux que je vais citer encore ſont
de quelque autorité en cette matiere, comme il eſt juſte qu'ils le ſoient, voilà un *Ana-
chroniſme* de 500 & même de prés de 600
ans que fait nôtre Auteur , lui qui en reproche un de 200 à Mr. de C.

Que ſai-je même, ſi quelque Sçavant ne
fera point voir du pays à nôtre Auteur ? Il
s'eſt aviſé de faire commencer l'Ere Attique
dans le tems que * les enfans d'Iſraël étoient
encore en Egypte : cependant on veut que
ce ſyſtéme, detruiſe toutes les ſuppoſitions
qui ſervent de fondement aux demonſtra-
tions que les anciens Peres de l'Egliſe fai-
ſoient contre les Payens.   Ces

---

* p. 147. l'an 3132.

(23)

Ces Peres leur prouvoient l'ancienneté
de nôtre Religion, & la nouveauté de la
leur en fuppofant que tous leurs grands
hommes, que leurs Legiflateurs même é-
toient pofterieurs à Moyfe, & par confequent que nôtre Religion qui a été donnée
de Dieu par l'entremife de Moyfe étoit plus
ancienne que la leur.

Voicy leur preuve. * *Tous les grands hommes parmi les Payens, tous les Legiflateurs font
pofterieurs à l'Ere Attique; cette Epoque celebre
qui a commencé en Cecrops, c'eft-à dire 72 ans
avant Danaus frere de Sefoftris. Inachus eft an-
terieur à Danaus de 397. ans & par confequent
il a devancé l'Ere attiqué de 327 ans.*

Selon

* Omnibus veftris five Sapientibus, five Poetis, five Hiftoricis
five Philofophis, & Legiflatoribus, multo antiquior fuit Re-
ligionis noftræ dcctor Moyfes, ficut oobis Græcæ declarant hif-
toriæ; nam circa Ogygis & Inachi tempora Moyfis illæ memiue-
runt tanquam ducis ac principis gentis Judaicæ. Juft. ora. exhor-
ad gent.

Argivo, Inacho, Moyfes par eft ætate quadringentis penè
annis, nam & feptem minus Danaum & ipfum apud vos vetuf-
tiffimum prævenit. Tertul. Apolog. c. 19.

Hellenicus, Philochorus Thallus, Alex. Polyhiftor veteris hifto-
riæ monumenta, replicantes Eufeb. præf. in lib. pofter. Chroni.

Ab hoc tempore Moyfis Regum qui poftea fuerunt anni funt
393. ufque ad fratres Sethonem & Hermæum quorum Sethonem quidem Egyptum, Hermæum vero-Danaum denominatum
dicit. Jofeph. lib. 1. & 2. contr app.

Extant Annales Ægyptiorum diligentiffimè concinnati & re-
rum in eis contentarum interpres eft Ptolomeus non Rex fed
Mandefius facerdos. Is ubi gefta regum narrat fub Amafi Ægyptiorum rege Judæos ex Egypto migraffe teftatur in fuam regio-
nem Mofem ducem fecutos, fic autem fcribit, amafis fuit tempore Inachi.

Tatianus orat. contra Græcos, Theophil, Anthio. Jul. afr
Chronol. Syncelli.

Selon Hellanicus, Philochorus, Castor, Thallus, Alexandre Polyhistor citez par Eusebe & S. Justin comme gens qui avoient écrit sur les anciens memoires, selon S. Justin, S. Clement, Tatien, Theophile d'Antioche, Jules l'Africain, Tertullien, la Chronique de Syncelle, il est certain qu'Inachus étoit contemporain de Moyse. Il s'ensuit que Moyse & la Religion qu'il a publiée est de 323 ans anterieure à la Religion que les Payens ont suivie & aux grands hommes dont ils ont reçû les Loix & la croyance.

Comment est-ce que ce systéme des Peres peut convenir avec celui d'un Auteur qui suppose que l'Ere Attique a commencé du vivant de Moyse, & lorsque les Enfans d'Israël étoient encore en Egypte?

Je vous laisse à penser, Monsieur, quel fondement on peut faire sur un Auteur qui tombe en de si grandes fautes & d'une consequence si pernicieuse, qui les debite avec des airs que les veritables Savans n'oseroient se donner, lors même qu'ils soûtiennent des veritez qu'ils prouvent trés-bien; & qui sujet à tant de fautes sçait si peu compatir aux prétendues fautes d'autrui.

Il ne sied jamais bien à un sçavant homme, quelque avantage qu'il s'imagine avoir sur un Auteur respectable, il ne sied point bien, dis-je, d'insulter à un grand homme pour quelque point de Critique qu'il peut avoir negligé sans cesser d'être * digne de

* P. 39.

vene-

veneration : & à tout évenement il n'eſt jamais bien-ſéant de mettre en jeu des idées
odieuſes.

Mais laiſſons ces reflexions, laiſſons encore les *Anachroniſmes* de nôtre Auteur, par-
courons un peu le reſte.

De bonne foi, à moins que de vouloir
trouver à redire ſans raiſon, & par le ſeul
plaiſir de trouver à redire, * ſe ſeroit-il aviſé
de ſe récrier ſur la poëſie de Thermoſiris &
ſur ſa lyre ? Qui lui a dit que le langage des
Egyptiens ne ſouffroit point la cadence des
vers ? Il faut tout au moins ſavoir cette langue pour avancer cette propoſition. Je fais
à nôtre Auteur la juſtice de croire qu'il ne
dit pas cela de luy-même : mais qui ſont
donc les Sçavans en cette langue qui le lui
ont dit ? Certes il nous feroit un grand plaiſir, s'il nous montroit un homme non pas
qui entendît l'Egyptien du ſiecle de Thermoſiris, qu'il faudroit pourtant entendre
pour faire le jugement que fait nôtre Auteur, quoi qu'il n'en ſache pas le genie ;
mais qui connût ſeulement les caractères de
ce tems-là, ou du moins l'Ecriture qui étoit
d'uſage en Egypte avant le regne de Cy-
rus : nous luy donnerions un bel ouvrage à
examiner, & la Republique des Lettres luy
en ſeroit trés-obligée.

Il y avoit en Egypte, s'il en faut croire
S. Clement d'Alexandrie dans la Traduction

* p. 370. 171.   B   Latine

Latine (l'Auteur nous dira fi l'original Grec
en dit autant; * car il craint fort que fa Dame ne s'imagine qu'il foit homme à lire les
Peres Grecs autrement qu'en Grec) il y a-
voit, dis-je, alors en Egypte trois fortes
de langage qui avoit chacun des caracteres
differens, l'Epiftolaire, le Curiologique &
le Hieroglyphique. Cette derniere efpece
eft encore fous divifée.

Nous connoiffons la forme de l'une des
efpeces du caractere Hieroglyphique, c'eft
celuy que nous voyons fur les obelifques qui
font à Rome, & fur divers monumens.
L'auteur de la Critique n'a connu apparemment d'autre caractere ni d'autre langue
Egyptienne que celle-là; mais il devoit bien
penfer que ce n'étoit pas la le caractere d'un
langage : mais feulement une reprefentation
par des images. La langue Hieroglyphique
qu'on parloit parmi les Savans étoit en même
tems Curiologique, comme l'apelle S. Clement, & peut-être qu'un jour, je donne-
rai au public la forme des caracteres de cette langue ; mais on ne connoît pas la valeur
de ces caracteres, & partant nous ne pou-
vons pas décider fur le genie de cette langue.

D'ailleurs les préjugez ne font pas pour
nôtre Auteur, quand il dit qu'il n'y avoit
ni Poëfie ni Mufique en Egypte, & que la
langue du pays ne pouvoit s'en accommo-
der.

* p. 396.

der. Linus & Musée étoient des Poëtes Egyptiens.

Linus Egyptien enseigna la Theologie & la Musique à Hercule : * qu'il en ait été bien ou mal recompensé comme nôtre Auteur le rapporte, cela ne fait rien au fait. Il est cependant constant que Linus étoit Egyptien, & sçavant en ces sciences ; il est même certain qu'il montroit à jouër des instrumens. Jusqu'ici les afaires ne vont guere bien pour nôtre Critique.

Il trouvera même dans des Auteurs Grecs très anciens & très dignes de foy, tels qu'Herodote, Diodore de Sicile, S. Clement d'Alexandrie, voilà du Grec, Monsieur, † & du Grec de la Traduction de nôtre Auteur, il trouvera, dis-je, que *le premier des Prêtres qui marchoit à la procession étoit le Chantre.* Comme l'Auteur n'est pas homme à se dedire, il répondra que ces Prêtres ne chantoient que le plein chant ; & qu'il n'y avoit point chez eux de chœur de Musique, & produira le certificat d'un Poëte qui dit que les Egyptiens faisoient un si horrible *charivari* avec leurs instrumens de Musique, qu'ils faisoient troubler la Lune : & conclurra de là que leur chant ne meritoit pas le nom de Musique.

Mais je crois bien que nonobstant l'autorité de son Poëte, on ne lui montre des

B 2

Au-

* p. 375.   † p. 396.

Auteurs Grecs qui connoiſſoient la belle Muſique qui lui prouveront, qu'il y avoit en Egypte des Poëtes & des Muſiciens.

En effet * Linus ſelon ces Auteurs inventa la Muſique, & l'art de faire des vers. Il excelloit en l'un & en l'autre † & il eut pour diſciples deux Muſiciens comme luy, Thamiris & Orphée. Le premier reuſſit ſi bien qu'il diſputa avec les Muſes qui chanteroit mieux, & qui toucheroit mieux le Luth.

Celuy-ci eut un fils celebre, & le premier Poëte Lyrique c'eſt Muſée lequel auſſi bien que ſon pere étoit natif de Thebe en Egypte.

Nôtre Auteur raporte luy-même ces autoritez ; car je ne dis preſque rien icy que je ne prenne dans ſon livre, nonobſtant quoy, il conclud qu'on ne ſavoit en Egypte ni Muſique, ni l'art de faire des vers, ni celuy de joüer des inſtrumens.

Cette conſequence vous étonne peut-être, & en cela vous n'avez pas tout le tort ; car on ſeroit bien en peine de la tirer des principes qu'on vient de poſer par une regle de Logique ordinaire.

Mais l'Auteur en fait de raiſonnement a des routes inconnues au vulgaire : les voicy. Mais je vous prie à l'avance de prendre des precautions ſemblables à celles dont * il previent ſon Lecteur contre un raiſonnement de Mentor.

Spee-

* P. 374.   † Linus & Muſée 376.   * P. 350.

Spectatum admissi risum teneatis amici.

Il est vrai, * dit-il en citant un passage de Diodore de Sicile L. 3. P. 140. l'art de la Poësie & de la Musique est venu d'Egypte. Linus Egyptien est inventeur de l'une & de l'autre. Thamiris étoit Egyptien, Poëte, & Musicien, Disciple de Linus; Musée étoit Egyptien, Poëte & Musicien fils de Thamyris. Orphée étoit Egyptien Mre. de Musique & Pere de la Poësie lyrique à Thebes, il est dit même † dans Horace que la Poësie lyrique est venue de là.

Voilà l'antecedent de l'argument, voicy la consequence, * donc *il n'y avoit en Egypte ni Poësie ni Musique, & même la langue du pays ne pouvoit souffrir la contrainte de la Poësie.*

Mais comme le ridicule de cette consequence est trop à découvert, & que cependant il faut critiquer le Prelat qui met une lyre à la main de Thermosyris & des hymnes en sa bouche, l'Auteur ajoûte : „ *Ces* „ *Egyptiens se seroient bien gardez de faire des* „ *vers, ou de joüer des Instrumens en Egypte;* „ *car ils y seroient morts de faim avec toute leur* „ *habileté : ils s'en alloient en Grece pour gagner* „ *leur vie.*

Cependant je prie l'Auteur de faire cette reflexion.

Tous ces Poëtes étoieut Prêtres en E-

A 3

gypte,

gypte, & par confequent ils avoient leur vie affurée, comme on fait par les Hiftoires du pays. Ils étoient même gens d'efprit. Avant que d'aller faire des vers en Grece, il falloit que la beauté de la Mufique & de la Poëfie leur fift raifonnablement efpérer qu'ils fe feroient rechercher : il falloit pour cela faire l'effai fur leur langue naturelle; car ils n'en favoient pas d'autres. Cette langue devoit donc être propre à foufrir la rime ou la cadence des vers.

On voit bien que cet Auteur ne veut que trouver à redire à Mr. de C. & ce feroit beaucoup de tems perdu de critiquer tout ce qu'il dit mal à propos. Ainfi nous ne le fuivrons pas pied à pied dans toutes les villes dont il fixe les Epoques. Ce n'eft point ici une Critique generale : il me fufit d'infinuer que toutes les cenfures de cet Auteur ne font pas feures. Auffi ne crois-je pas qu'il l'ait pretendu : car il feroit par exemple bien en peine de nous produire des titres fufifans pour prouver que * David a eu les ftigmates comme S. François, & que fon corps même ait été mis en tel état qu'on peuft luy compter les os.

Il s'agit du Pfeaume 21 qui contient une des plus belles propheties fur le genre de
• mort

* p. 255. Foderunt manus meas & pedes meos & dinumeraverunt omnia offa mea pfal. 21. 17.

mort de J. C. laquelle est repetée * dans Zacharie.

† Le Rabbin Aben - Ezra & quelques autres Auteurs Juifs tout interessez qu'ils sont à expliquer cet endroit & à l'appliquer à David même, l'entendent cependant du Messie. Mais nôtre Auteur pour dire quelque chose de surprenant, & faire croire qu'il en sait plus que le commun, condamne David à souffrir les stigmates, quoi que David ne s'en plaigne que par un esprit prophetique; & en soutenant le personnage du Messie, comme il fait trés souvent de l'aveu des Rabbins même.

Notre Auteur ne prend pas garde cependant qu'il avance une proposition dont personne ne s'est encore avisé. Il ôte aux Peres de l'Eglise toute la force du beau raisonnement qu'ils font contre les Juifs. *Vous êtes bien aveugles*, leur dit * S. Justin. *Où est celui de vos Roys à qui on a percé les mains & les pieds, comme il est dit au Pseaume 21 ? Da-*vid, dit † Tertullien, *n'a jamais souffert ce genre de supplice, mais Jesus-Christ seul dont David n'est ici que la figure.*

Si les Juifs de ce tems-là avoient fait la belle découverte de ce point d'Histoire, ils n'auroient pas été embarrassez. Ces Peres

B 4

de

---

* Quid sunt plagæ istæ in medio manuum tuarum? Zach. 13. 6
† Aben-Ezra misdrach Thehillim. Talm. Tract. Sanedr.
* Just. Dialog. cont. Tryp.
† Tertul. lib. cont Jud. No. 13.

de la primitive Eglife auroient fait un ar
gument bien peu concluant contre les Juifs,
& Aquila n'auroit pas été obligé de cor-
rompre cet endroit du Pfeaume pour en élu-
der la force comme bien des Sçavans l'en
foupçonnent.

Le raifonnement que fait cet Auteur pour
prouver la penfée, eft fi jufte & fi beau que
David ne fauroit en dedire.

„ David, dit-il, *devoit être l'image du Mef-*
„ *fie. Or eft-il que le Meffie a eu les mains &*
„ *les pieds percez, de là je conclus que David les*
„ *avoit de même.* Il pouvoit ajoûter que David étoit Roi, qu'un Roi ne ment jamais, & qu'il faut que le témoignage qu'il
donne lui-même foit vrai.

La Dame a été apparemment bien éton-
née d'apprendre cette nouvelle dont l'E-
criture Sainte & l'Hiftoire ne difent mot,
& qui a été cachée à tout le monde pendant
près de 2800 ans.

Mais le moins habile des hommes peut
répondre à cet Auteur, qu'il n'eft pas ne-
ceffaire que l'image du Meffie foit la même chofe que le Meffie même: que Salomon, Moyfe & bien d'autres ont été l'i-
mage du Meffie, auffi-bien que David,
fans qu'ils ayent dû naître d'une Mere Vier-
ge, qu'ils ayent dû être crucifiez, ni reffuf-
citer aprés leur mort, comme le Meffie:
& on peut ajoûter même qu'en bien des
actions

actions de leur vie, ces images du Messie ne luy ont guere ressemblé, sans cesser pour cela d'être ses images.

D'ailleurs on montrera à cet Auteur bien des endroits dans lesquels David parle de soy ou de son fils, quoi que ces endroits ne puissent être entendus ni de David, ni de Salomon.

Car enfin comment l'Auteur expliquera de David, sans rendre Dieu menteur, cet endroit, où David faisant parler Dieu, dit, * *J'ai juré à David. Je ne lui manquerai pas de parole, sa posterité regnera éternellement.*

† Le même Roi dit ailleurs, le Seigneur m'a dit vous êtes mon fils, je vous ai engendré aujourd'huy. Demande moi l'heritage des Nations & je vous rendrai maître de toute la terre. David à qui parle le Seigneur est-ce l'Auteur des Pseaumes? Est-ce au David charnel à qui Dieu a dit qu'il * seroit fidele dans la promesse qu'il luy a faite, ou au David spirituel dont l'autre n'est que la figure en mille endroits? Il durera, dit le Prophete de son fils, autant que le Soleil. Il subsiste depuis avant la creation de la Lune & durera éternellement. Est-ce de Salomon, ou du Messie qu'on doit entendre ce Prophete? Il s'adresse pourtant à son fils ; mais puisque David a eu les mains

B 5   &

* Pseau. 88.   † pseau. 2.
* Testamentum meum fidele ipsi psal.

& les pieds percez, il faut fur le même principe qu'il ait été abreuvé de fiel & de vi-
naigre, qu'on ait jetté fes habits au fort;
car il le dit de foi-même dans le même Pfeaume 21. & dans le Pfeaume 68. Il faudroit
encore que David n'eût pas fejourné dans le
tombeau, comme il le dit de foi dans le 15
Pfeaume.

Voilà la confequence de l'interpretation
que nôtre Auteur donne à cet endroit du
Pfeaume 21, nonobftant laquelle je crois
que nous continuerons de l'expliquer comme on l'a fait jufqu'icy.

Nous ne changerons pas nôtre croyance
fur les miracles de Moyfe, quand nôtre Auteur fe joindroit à tous les Spinofiftes du
monde, pour nous faire croire que ce grand
* Prophete à trompé l'Univers par des miracles fuppofez. Nous luy attribuerons toûjours ceux qu'il a faits par la force de Dieu
qui declaroit que la loy annoncée par ce
Prophete venoit de lui, en lui faifant ope-
rer des effets qui font fi fort audeffus du
pouvoir de la nature.

Mais laiffons encore un coup les fautes
de nôtre Auteur & venons au deffein de M.
de C.

Il n'a jamais été dans cet ouvrage de faire des fupputations exactes de tems, ni de
fixer des Epoques celebres. fi fon Critique
avoit été un peu raifonnable, & qu'il eût

profité de tout ce qu'il a lû, il auroit jugé qu'on ne peut point fixer avec aſſurance les évenemens qui ont precedé le ſiége de Troye, ni même ceux des tems anterieurs aux Olympiades.

Il dit lui-même comme nous l'avons remarqué * que ſelon quelques Auteurs, ce ſiége arriva l'an 2788. de la Periode Julienne, ſelon d'autres en 3505. 3532. & qu'il y a même des Auteurs qui le reculent juſqu'à l'an 4027.

Il trouvera même des gens qui lui ſoûtiendront bien ou mal que ce ſiége n'eſt qu'une fable, & qu'Homere voulant faire le portrait d'un vaillant homme en la perſonne d'Achille, celui d'un homme ſage & prudent en celle d'Ulyſſe, celui de differens vices, de differentes vertus, & de differens genies, & ſur le tout faire valoir la fecondité de ſon eſprit, a fait un Roman où tout eſt faux juſqu'au lieu & à l'action, où il fait rencontrer tous ſes perſonnages : & ce lieu eſt le camp des Grecs & l'action eſt la priſe de Troye.

Enfin quel ſeroit en cecy le crime d'Homere de forger tant de Heros, de les faire tant ſouffrir & tant courir, s'il eſt venu à ſon but qui a été de faire des peintures ſi belles, ſi naturelles & ſi naïves : qu'il ait impoſé à tous les ſiecles qui l'ont ſuivi, il n'a fait de tort à perſonne. Nous n'avons à

nous plaindre que de nous-mêmes de nous
être laiſſé ſeduire par les apparences du
vrai.

Les Heros de ce Roman n'on point à ſe
plaindre auſſi. Homere les a faits, il étoit
le maître par conſequent, de leur reputation & de leur deſtinée. Il a pû les placer
où bon luy a ſemblé, les attacher au tems,
au pays, à la condition à quoi il les deſti-
noit. Il a deu être le maître de ſa matiere & de ſon ouvrage. Il n'a jamais prétendu autre choſe ſinon de nous preſenter des
miroirs pour regarder les vertus & les vices au dehors de nous-mêmes, pour nous
les faire connoître, & y faire l'attention que
nous jugerons neceſſaire à nôtre conduite.
* *Tota hæc ode allegoricè intelligenda eſt*, comme
dit nôtre Auteur aprés Lambin ſur une ode
d'Horace.

Je ſuppoſe en tout cecy que l'ouvrage
d'Homere n'eſt qu'une allegorie.

J'en dis de même du Telemaque de Mr.
de C. ſuppoſé que cet ouvrage ſoit de luy;
c'eſt une fable depuis le commencement
juſqu'à la fin, perſonne, lieu, tems, tout
eſt feint & vous voulez que ce ſoit une verité; elle n'eſt pas fable pour rien.

Vous mettriez Eſope bien en peine ſous
pretexte que vous étes un grand Chrono-
logiſte & un grand Critique, ſi vous exi-
giez de lui qu'il mît à chacune de ſes fables

* p. 126.

l'Epo-

l'Epoque de l'action & le ſtyle du tems.
Contentez vous de prendre de ſa fable ce
qu'il veut que vous en preniez, le reſte ne
ſert de rien.

Ce que Mr. de C. a voulu apprendre à
Mrs. les Princes par ſon Telemaque, ce
n'eſt ni la Chronologie, ni la Fable, ni l'Hiſtoire, ni la Geographie, ni la Critique :
ce n'a pas été là ſon but.

Il paroît que celui qu'il a eu dans cet
ouvrage a été de donner à ſes diſciples un
preſſentiment & une peinture des impreſ-
ſions que les paſſions feroient un jour ſur
eux, à moins qu'ils ne fuſſent extrémement
en garde contre eux-mêmes : leur faire voir
combien doucement elles s'inſinuent ſous
des apparences qu'on ne peut deſaprouver,
combien fortement elles s'impriment, combien difficilement elles ſe perdent.

Il a voulu leur inſinuer que plus on ſe ſent
pancher vers quelque objet, plus on doit
craindre les ſuites d'un engagement : que
plus les commencemens en paroiſſent inno-
cens, doux, honnêtes, plus inevitablement
les ſuites en ſont funeſtes, quand on ſe laiſſe entrainer à ſon panchant : que cependant,
quand on s'y trouve malheureuſement en-
gagé, il ne faut garder aucune meſure, ni
ménager le terrain avec ſoi même : qu'on
agit prudemment lorſqu'on s'arrache par
des manieres outrées & qui paroiſſent im-

pru-

prudentes, au plaisir qui enchante les sens,
qui trouble l'esprit, & qui amollit le cœur.

Cet endroit que l'Auteur tourne si fort
en ridicule, je veux dire la maniere dont
Mentor & Telamaque s'enfuirent de l'Ile
ou étoit Calipso n'est-ce pas la même chose que le *Si oculus tuus scandalisat te, erue eum*
de l'Evangile. Il est autant outré de dire,
*Arrachez vous les yeux, si les yeux vous sont
une occasion de peche*; que de dire, *Sauvez vous
à la nage d'un pays, où vôtre vertu est assiégée,
où sa perte est infaillible. & d'où vous ne pou-
vez sortir autrement.*

Cela est outré, j'en conviendrai, si vous
voulez; mais resiste-t-on aux occasions du
plaisir en demeurant avec une personne
qu'on aime, & dont on est aimé? Peut-on
répondre de soy-même & d'autrui? Peut-
on faire en ce genre de combat une retrait-
te prudente & fiere, les yeux tournez du
côté d'une personne, dont les charmes &
nôtre panchant seduisent nôtre raison?

L'Auteur ne trouvera personne de ce sentiment, * & un saint homme dont l'Eglise honore la memoire agit en pareille occasion comme Mentor fait agir Telemaque;
mais il dira peut-être, que Mr. de C. devoit se contenter de donner ce precepte de
la maniere qu'on vient de l'expliquer, sans
faire boire de l'onde amere au pauvre Te-

lema-

* Martinien.

lemaque , ni le mettre à * *califourchoh* fur un maft. Il eft vrai, on pourroit donner cette inftruction uniment & d'une maniere feche; mais s'il l'avoit fait, cette inftruction n'auroit rien eu d'extraordinaire, rien de ridicule fi vous voulez pour la faire remarquer.

On voit cet avertiffement dans tous les Philofophes moraux & Chrétiens : on nous le prêche tous les jours, fans qu'on s'en fouvienne. Mr. de C. a voulu l'imprimer dans l'imagination par une envelope qui fe fift remarquer.

L'envelope paroîtra ridicule, outrée, contre le bon fens, j'accorderai tout cela, fi on veut; mais elle fera judicieufe, fi elle fait remarquer la verité qui eft cachée fous cette envelope. Or il eft conftant que les manieres extraordinaires fe font plus remarquer que les avertiffemens fimples.

Pour infinuer la fageffe à l'homme on a inventé mille tours differens qui aboutiffent tous à la même fin. Les uns ont donné des leçons de fageffe en maximes, les autres en exemples, d'autres en figures & en paraboles. Il y en a qui nous ont fait appercevoir de nos défauts en nous les montrant dans les bêtes; & les Comediens en nous les faifant remarquer en un nous même auquel l'amour propre ne nous attache pas : c'eft-à-dire en

un

---

* C'eft un terme dont l'Auteur fe fert.

un nous feparé de nous, qu'on fait paroître fur le theatre auquel nous ne faurions
faire le procés fans nous le faire à nous mêmes.

- - - - - - *Suppreſſo nomine de te
Fabula narratur.*

Ce font les judicieux détours dont on s'eſt
fervi pour épargner nôtre delicateſſe & nôtre amour propre.

On eſt parvenu par là au même but où
tendoient les Philofophes moraux par des
traittez fecs & dogmatiques ; mais on y arrive plus agreablement & plus infailliblement ; car ceux-cy convainquent l'efprit à
la verité ; mais ils ne parlent pas aux yeux,
& ne s'introduifent pas dans l'imagination
d'une maniere aſſez vive pour fe faire remarquer.

On dira peut-être que cela eſt bon, mais
qu'il ne faut pas outrer la matiere ; cependant ce n'eſt qu'en l'outrant qu'on la rend
remarquable.

Lorſque l'avare aprés avoir fouillé les po-
ches de fon valet, aprés l'avoir vifité par
tout, lui prend les deux mains, l'une aprés
l'autre, & qu'enfin ne trouvant pas fon ar-
gent, il lui demande la troiſiéme main, n'ou-
tre-t-il pas la matiere ? n'eſt-il pas ridicule ?
cependant perſonne ne defaprouve ce ridicule, qui exprime mieux la defiance de l'a-
vare que toutes les plus belles peintures du
monde.   * Horace.   Si

Si l'on representoit un homme agissant comme les autres hommes agissent, c'est-à-dire se cachant presque à eux-mêmes les motifs qui les font agir; on ne feroit qu'étaler sur le theatre des actions mauvaises & revêtues du voile dont l'amour propre les couvre pour dérober à la vûe des hommes leurs mauvais endroits.

Il n'est donc pas ridicule, pour bien faire remarquer une action de lui donner un ridicule qui s'imprime infailliblement dans l'imagination. Pourvû qu'on prenne un bon moyen d'imprimer la verité dans l'esprit, on n'a rien davantage à demander, le ridicule est l'habit.

Mais, dit nôtre Auteur, puisqu'à toute force on veut de la fable pour instruire la Jeunesse, & pour lui insinuer la verité, ce doit être du moins une fable honnête. J'en conviens.

Mais que trouve l'Auteur dans les peintures que fait Mr. de C. pour se récrier si souvent?

*S. Basile qui savoit aussi bien que lui tout au moins les regles de la pudeur, dans une homelie qu'il a faite sur la lecture des Poëtes Payens qu'on faisoit lire aux jeunes gens, parlant des Ouvrages d'Homere qui sont remplis, comme tout le monde sait, de peintures des Déesses & des belles femmes de

son

---

* Basil. homil. 24. de legendis lib. gentil.

son tems, dit que tous les ouvrages de ce
Poëte ne font qu'une louange continuelle de
la vertu, & que tout se rapporte à cette
fin, comme au but principal de l'ouvrage.
Aussi si M. de C. qui a suivi le genie de
cet auteur, n'avoit representé les Nim-
phes & les Déesses avec de l'agrément, de
la beauté, de la bonne grace; s'il n'eût fait
voir le Prince vaincu & amolli par son engagement avec Eucharis; toutes choses
dont il veut qu'on se garde, dequoi le
Lecteur sans experience en ceci auroit-il
crû qu'il falloit se garder?

Il étoit necessaire qu'il donnât la peinture d'une personne aimable, pour faire
voir que pour être aimable, une femme
n'en est pas moins à craindre ; & que,
comme le vice ne se presente & ne com-
mence de s'insinuer dans l'ame que par
l'impression que fait sur le cœur, l'innocent,
le beau, l'agreable & le tendre, il faut cependant le fuir comme une chose mauvai-
se, nonobstant toutes les apparences du
bon: qu'il en faut craindre les suites, qui
n'en seront ni belles, ni innocentes, ni
agreables, à cause de la foiblesse humaine
& de la force de nos passions.

Il a fait voir à la verité l'empressement
des Nymphes & des Déesses pour Telemaque, mais a-t-il fait ici la centiéme par-
tie de ce que fera le vice, pour seduire
Fes-

l'efprit des Princes, & des agrémens qu'une femme étalera pour fe faire aimer d'eux ? Il a fait ces peintures dans un tems où les Princes n'étoient pas encore expofez à ces dangers, afin qu'ils fceuffent connoître le danger dans la fuite ; & qu'inftruits des routes que le vice prendroit un jour pour fe rendre le maître de leur cœur, ils fçachent par l'image qu'on leur en a faite, le connoître, fous quelque apparence de vertu qu'il fe cache, & le fuir par les regles qu'on leur a données.

L'Auteur de la *Telemacomanie* pretend que les Peintures du vice y font trop vives, & qu'elles font impreffion fur le Lecteur. Il faut en verité que l'Auteur foit bien foible, lui qui fait l'efprit fort en tant d'endroits de fa Critique.

Mais comme c'eft un homme qui fe fuit, il a crû qu'on ne douteroit point de la delicateffe qu'il affecte en ceci après avoir fait un étalage de fon infirmité. Et en verité il n'eft pas dificile de s'imaginer qu'un homme à qui l'ufage de la difcipline eft une occafion prochaine d'incontinence, fe trouve émeu par la peinture des tendres fentimens d'une Déeffe. Cependant il nous permettra de croire que c'eft ici plutôt un rafinement de fa Critique, qu'un effet de la vivacité de fes fentimens..

Il ne nous perfuadera pas non plus que

fa

fa grande averſion pour les Romans lui ait
fait prendre la plume en main, pour écrire
contre Telemaque. Ce Roman, puiſqu'il
luy plait l'appeller ainſi, n'eſt fait que pour
donner de l'amour pour la vertu. La va-
nité, l'amour du plaiſir, la ſuperſtition, la
moleſſe, la tendreſſe même qui ne vient pas
de la vertu, tout y eſt combattu. Le Prince ſe laiſſe amolir par le plaiſir qu'il trouve ; il eſt repreſenté dans l'état où ſont les
hommes, lors que la vertu combat en eux
contre le vice.

On y voit les difficultés du combat, les
defauts de conduite, les moyens de ſur-
monter les paſſions : on y voit la difference
d'un amour ſolide, & qui doit faire le bon-
heur de toute la vie, & cet amour n'eſt
fondé que ſur la pudeur, le bon ſens, le
travail, la douceur, l'obeiſſance & la religion d'Antiope : point de converſation vive, point de ces ſenſibilités, point de ces
foibleſſes qu'inſpiroit l'amour d'Eucharis.

En verité, ſi ce Critique veut-nous faire croire qu'il eſt ſcandaliſé, il ſe trompe
fort : il n'a pas l'air d'être la dupe de ces
peintures, nous ne le ſommes point de ſa
bonne foy : & je ſuis ſeur que Telemaque
ne ſeroit point ſcandaleux, ſi l'Auteur du
Telemaque étoit en faveur.

Il ne ſeroit pas mal-aiſé de lui * prouver

ce

* 7. 62. 63. 64 65. 66. 67. 68. 69,

ce point de Critique qu'il doit ſentir, lui qui eſt ſi vif, & qui ſaute aux yeux du Lecteur en plus d'un endroit. Mais il n'y auroit pas de la politeſſe à le trop pouſſer là deſſus ; il eſt homme à voir qu'on le conçoit, & dans un autre ouvrage, il cachera mieux ſa marche. Je ne ſçai s'il ſera plus heureux une autre fois, quand il ſe mélera de donner des avis à M. de C. mais celui qu'il lui donne ſur la fin de ſon ouvrage ne me paroît pas fort judicieux.

M. de C. a voulu que la matiere des Themes des Princes fût une fable inſtructive autant pour la conduite de leur eſprit, que de leur cœur, afin que l'agreable fît retenir l'utile. Il s'eſt en ceci meſuré à l'âge de ſes diſciples. Lors que ce Livre ſervoit à ce deſſein, les Princes n'étoient pas en un état, où ils pûſſent recevoir des inſtructions ſéches.

Nôtre Auteur auroit voulu qu'à l'imitation des deux grands hommes qui ont dirigé les études de Monſeigneur, M. de C. eût fait pour des Princes enfans, des ouvrages auſſi ſerieux, auſſi ſublimes, & d'une érudition auſſi profonde que ſont le diſcours ſur l'Hiſtoire univerſelle, & la Demonſtration Evangelique.

Il faut pour profiter de la lecture de ces beaux ouvrages avoir toute la maturité d'un homme très avancé. Les inſtructions doi-

vent

vent être diferentes, suivant les diferens âges du Prince qu'on veut instruire.

Un Prince dans un âge mûr fera des reflexions serieuses sur la profonde sagesse avec laquelle la Providence de Dieu est venue à ses fins, c'est à dire, à l'établissement de la veritable Religion en y preparant le monde par tous les évenemens qui l'ont precedé. Le Prince verra que la Religion Chrétienne est l'ouvrage de la Divinité, puis que Dieu seul pouvant prevoir l'avenir, il a pris soin de la faire peindre au naturel par ses Prophetes, si long tems avant qu'elle ait été établie. Il fera une comparaison judicieuse, juste & consolante du Messie predit avec Jesus Christ.

Mais des Princes enfans ne sont point en état de reflechir sur de hautes veritez, il faut les mener pied à pied, & distinguer les tems pour ne les charger que de ce dont leur âge est capable.

Le tems arrivera, & il est arrivé depuis, où ces mêmes Princes ausquels on insinuoit ces veritez morales sous des envelopes divertissantes, étudieront les veritez sublimes, sans avoir besoin d'ornemens étrangers pour les leur faire recevoir & goûter; mais il ne falloit pas prevenir le tems. Aussi M. de C. ne l'a-t-il pas fait. Quant à nôtre Auteur, il n'y regarde pas de si près, il veut mener son disciple au faîte du sçavoir tout à coup, sans le faire passer par les degrez que la Providence a établis pour parvenir à la perfection des ouvrages de la nature & de l'art

Cette conduite ne paroît pas cependant assés judicieuse pour lui faire espérer qu'on lui confiera l'éducation des enfans de Monseigneur le Duc de Bourgogne; pour moi je crois qu'il feroit mieux de s'attirer l'estime du Roi par sa sagesse; il n'y a pas apparence qu'il en ait à donner à M. de C. puis qu'on l'envoie dans un lieu propre aux reflexions.